AF199268

1

Wurd weer Wiehnachten

Helma Gerjets

Impressum

Autorin: Helma Gerjets
                                  Oldenburger Straße 11
                                  26 835 Hesel

                                  04950 98 77 566
                                  herbert.gerjets@ewetel.net

Bildrechte

                                  Hanna Plümer
                                  Monika Müller
                                  Britta Bleeker
                                  Henning H. Hinrichs

.

Satz und Gestaltung   Henning H. Hinrichs
                                  Langstraßer Weg 8
                                  26 446 Reepsholt

Druck: BOD- Books on Demand
                                  Hamburg

ISBN:

9 783746 016825

Wat in dit Book steiht

Advent

De lütt Dörthe stunn bi ehr Mama to quengeln. Se wull unbedingt en Stück Zucker hebben watt se up Fensterbank lergen kunn. Dat düür doch nich mehr lang, denn schull de Nikolaus kamen, un he drüff ehr doch nich vergeten. Dörthe we ok doch immer leev ween. Se wull aver lever noch en beten nahelpen un för dat Peerd wat henlegen. Aver ne, Mama bleef hart: „Dat gifft noch kien Zucker. Nich vör den 1. Advent." „Worüm gifft dat denn all överall Slickerkraam? Kannst du dat daar denn nich kopen?" „Nee, Dörthe. Dat is för denn Nikolaus un denn Wiehnachtsmann. Wi koopt dat nich."

En paar Daag later weer de Fründin van Dörthes Mama to Besöök. Se seten to Koffie drinken. Prompt fung de Lütt weer an to quesen: „Du hest daar doch Zucker stahn. Geev mi doch bitte een Stück." „Nee, dat wöötst du ja. Du mußt noch `n paar Maal slapen un denn!" Dat Kind stamp vergrellt up un röön ruut.

Fründin Silke fraag: „Wat is denn mit Dörthe los?" „Och, se will partout al Zucker up Fensterbank lergen. Dat reicht aver ja woll to `n 1. Advent. Se luurt denn ok immer up wat." „Nu wees doch nich so streng. Hebbt wi dat nich ok daan? Ik kann mi bisinnen, dat ik en Johr immer wat up Fensterbank leegt hebbt. Maal Zucker, maal Kohl, maal `n Stück Rööv, wat so daar we. Dat wichtigst we för mi aver dat de groot Poorten open bleben."
„Worüm dat denn?" „Gaanz eenfach. Nikolaus muß doch mit sien Peerd ok rin. Un mien Uroma harr mi een Adventsleed lehrt:

Macht hoch die Tür,
die Tor macht weit;
es kommt der Herr der Herrlichkeit.

Jo un do weer ik denn noch mit in Kark. At Kind muß du ok still sitten un toluren. Do snacken se wedder van Doren, de wiet maakt wurren un de Döören sullen hoch. Dat kunn för mi blot bedüden, för Nikolaus muß dat Poort open stellt werden. He kunn anners doch nich rin kamen. Mien Papa is mennigmaal achter mi anlopen un hett al Dören weer dicht maakt. Ik kunn dat nich begriepen. Waar sull de Herr denn rin kamen."

De beid jung Froolüü amüseern sük düchtig. Ok Astrid besunn sük nu up immer mehr lütt Vertellsels ut ehr Kinnertied. „Ik kunn nich glöven, dat mit de Heer in dat Leed un in Kark nich den Nikolaus meent we. Dat is eerst veel later kamen. Geev du dien lütt Deern man ruhig maal en Nööt up Fensterbank of en Appel. Schast seen, dat wirkt ok Wunner. Se köönt sük tomaal beter benehmen, wiel se sük beobacht föhlt. Nikolaus un Wiehnachten kunnen ok ja maal utfallen."

Adventsfröhstück

Giesela överlegg, waar se de Mamas bi dat Adventsfröhstück mit överraschen kunn. De kemen an de Dag no Nikolaus. Se wullen wichteln, Schrott wichteln un en beten Spaaß hebben. De Kinner weren all noch to lütt, dat se wat mitkregen. De legen entweder in ehr Maxi-Cosi un schlepen oder up Deken up Grund to spelen.

Se wull sik noch mit Johann beschnacken. Viellicht harr de en Idee. Inkopen muss se up jeden Fall noch. En beten Leckerlis schull dat ja geven. Frisch Eier leggen ehr egen Tüdies, en beten Lachs un wat se noch so moois fund in de groot Supermarkt. Bi´t Inkopen keem ehr de Idee: Se wull en Nikolaus bestellen. Giesela schmüster nu all wat vör sik hen. Se wuss noch nich, well se frogen wull. Middeweek moorns arbeiden de meest Mannlüü un so veel keen se hier nich. Giesela wull eenfach maal Rieko frogen, of de well wuss. De keen ja Hans un all Mann.

Rieko överleeg, meen denn aver all de ehr infullen, mussen arbeiden oder weren bekannt as en bunten Hund in´t Döörp. De wurren gliek keent un dat wullen se ok nich. Viellicht fullt Fidi noch well in. Rieko wull Giesela Bescheed geven. Lang kunn se sik nich bi ehr Naversch uphollen. Hauke luur up sien Mohltied.

Rieko harr sik meld. Se harr en Nikolaus funnen. Se schull man de Sack mit de Packjes henstellen un de Achterdöör open laten. De Nikolaus harr ok sülvst en Mandel. Se wull aver nich seggen, well daar keem. Giesela schull sik överraschen laten, well tegen half elf bi ehr keem.

Gemütelk seten de jung Mamas binanner. Hauke schleep in sien Bedd. De lütt Mareike un Neelke legen in ehr Maxi-Cosies. Wilko turn bi sien Mama up Schoot rüm un Hanna harr sik wat to spelen söcht up Deken. Tomaal klopp dat an Döör.

„Jo, kumm rin." Giesela wuss in Moment ok nich, well dat weer. Do stund de Nikolaus vör ehr. De Frolüü bleev de Mund open stohn. Daar harren se nich mit rekent. „Wat is hier denn för en Versammlung? Luter jung Frolüü, un denn bi´t Fröhstück?" „Ja, Nikolaus, wi sünd all jung Mamas, de sik mit ehr Kinner af un to maal droopt. De lütten speelt mitnanner oder köönt schlopen, so as se dat bruukt." Giesela harr dat Woord ergrepen un de Nikolaus upklärt.

„Dat is hier ja gemütelk bi jo. De Kinner sünd all so leev un noch lütt. Weren ji denn ok leev?"All fiev tomaal antwoorden se up de Fraag. „Nikolaus, wat denkst du denn! Seker weren wi leev!" „Ik wööt nich so recht. Schullen mi jo Mannlüü dat sülvig seggen? Well keent denn en Gedicht?" Karla meld sik glieks:

> „Wiehnachtsmann,kiek mi an,
> lütten Knevel bün ik man.
> Veel to seggen hebb ik nich.
> Wiehnachtsmann,vergeet mi nich."

„Dat klingt good. Denn schallst du ok en Belohnung hebben. Well wööt denn noch en?" Giesela fullt noch en in:

> „Advent, Advent,
> een Lucht, dat brennt.
> Eerst een, denn twee,
> denn dree, denn veer.
> Denn steiht dat Christkind vör de Döör."

Giesela kreeg ok en Paket. Se freu sik. Köönt ji mi denn ok en Leed vörsingen?" Dat kunnen se woll, wenn se wussen, wat he hören wull. „Keent ji „Bald nun ist Weihnachtszeit"?" Jo, dat hebbt se hüm denn vörsungen. Denn verdeel Nikolaus noch mehr Paketen.
Nu hebb ik hier noch mehr Packjes, de laat ik jo hier. Daarto nehmt jo man denn en Knobel, dat ji de verdeelt. Daar stoht nämlich

Nummers up, well dat tokummt. Nu will ik noch eenmaal „Ihr Kinderlein kommet" hören un denn mööt ik wieder!" Mitnanner stimmen se dat mooi Wiehnachtsleed an.

Winkend maak de Nikolaus sik weer up Padd un leet de Froolüü torügg: „Dat weer ja en mojen Idee, en Nikolaus to bestellen. Well weer dat?" Daggi froog glieks no. „Ik wööt nich, well dat weer. Ik hebb de ok nich keent. De lütt Paketen sünd ok nich van mi. Laat uns daar man eerst inkieken." Jeder harr daar en Poor Babysocken un en Glass mit Nadisch för ehr Kinner in. Dat weer wat, wat se all bruken kunnen. Nu muss d´r eerst en Knobel her. De mitbroocht Paketen kemen up Disch. Well harr daar bloot de Nummers upkleevt?

Mit veel Spaaß wurr de Würfel immer wieder geben, dat all en Geschenk utpacken kunnen. Giesela harr Glück hat un kunn sik över veer pinkfarben Puddingkummen freuen. En blauen Middagspott mit witt un orange Blömen hullt Daggi lachend in Hannen. „De kann ik woll bruken to Tuffels koken för mien Tüdies!" freu se sik. De anner dree harren ok wat witzigs oder bruukbaars: Karla harr en babyblau WC-Garnitur, Elke en groten Tuut vull Schlickers un en ockerfarven Keers mit Kersenholler. Claudia pack en Dischdeken mit passend Sofoküssenbezug ut. Se dach glieks praktisch: „Daar kann ik för Neelke woll maal wat van maken."

So harren se bi ehr Fröhstück veel Vergnögen un jeder kunn mit sien Packje wat anfangen. Bloot Giesela maak sik Gedanken, well de Bortenkeerl weer un well för de lütt Extros för de Kinner sörgt harr. Se wull bi Gelegenheit Rieko frogen. Dat muss ja betohlt werden.
Do klingel dat weer an Döör. „Well kummt nu denn?" froog Giesela. „Oh, Rieko! Kumm rin! Ik hebb noch Visit. Aver en Koffie machst du ok woll." De Frolüü kennen Rieko ok all un vertellen Rieko glieks, dat Giesela de Nikolaus för ehr bestellt harr. „Dat finn ik ja en goden Idee! Harr ik dat wusst, weer ik ok kamen. Nu will ik jo

Püppies eerst sehn. En is ja noch nüsser as anner." So langsaam verafscheden sik de Mamas mit ehr Babys. För Wiehnachten geev dat kien Dropen mehr. In´t neei Johr wullen se weer binanner kamen to fröhstücken.

„So, Rieko, nu vertell du mi eerst maal, well weer de Nikolaus? Un de lütt Kinnerpaketen hest du doch packt. Wat schull dat? Fidi weer dat doch nich." Rieko seet daar to schmüstern. „Hest du de nich keent?" Giesela weer nu recht verdattert. „Ik harr noch en ollen Brill van Fidi un sien groot Stevels hebb ik mit mehr Poor Strümp anhat. Denn drööf ik noch weer los?" „Jo, dat dröffst du! Dat hest du good maakt. Aver dat du noch för jeden en Paket daarto doon hest. Du schullst doch bloot de fiev annern verdelen. So gung dat aver ok. Ik do di dat Geld weer!"

Giesela wull doch nich, dat se för ehr Geld utgeev. Bloot daar weer se bi Rieko verkehrt: „Ik keen jo all good. Wenn nich de Frolüü, denn de Mannlüü. Laat mi de Spaaß. Aver du dröffst ok nich noseggen, dat ik dat weer." Giesela freu sik, dat se so en goden Bortenkeerl, ne Froo hat harr un bedank sik en poor Daag later mit en mojen Wiehnachtsstruuß.

Adventskalenner maal fiev

Traute harr ehr groot Geschenkeschuv up Disch. Ehr Familie weer no de Arbeid un in School. Sara krabbel bi ehr rüm. Se weer noch to lütt, dat se wat noseggen kunn. Se maak fiev Hopens. En för Martin, en för Lukas, en för Michael, en för ehr lütt Prinzessin un Kemal schull ok en Adventskalenner kriegen. In en groten Köörv harr se Kinnersocken sammelt van all ehr Leven. Aver se harr ok nejen köfft, de se befüllen wull.

Nu maak se sik daaran de Strümp to befüllen. Överall harr se in de letzt Maanten Proben un lütt Spelen, as so en Knobelspeel oder Kortenspeel för de Jungs sammelt, lütt Billerböök för Sara ok Zeitschriften harr se köfft för ehr Mannlüü. De kemen in de eerst Strümp. Denn maal wat to Schlickern.

För Kemal pack se Kaffeepads in för sien Koffiemaschin. De harr dat letzt Week van en Koffiefirmo as Werbegeschenk geven. De Froo harr ehr glieks mehr tostoken. Bi d´ Drogerie wurr mit en besünner Tehnputz wurben. Daar harr se seggt, dat se dree Jungs un ehr Mann in Huus harr. Ok för Sara harr se en besünner Sort. En Ieskraber leeg al siet vergangen Winter in´t Schuuv un verscheden Bleeistiften för ehr Kinner.

Sara kunn se mit en lütten Ball oder en Luftballon blied maken. Se muss bloot uppassen, dat se de richtig Spelen in de richtig Adventskalenner kreeg. Traute weer flietig an inpacken un verdelen. Veer Kartons harr se bi sik stohn, de se mit Naams beschrift harr. Bloot de Saken för Sara legen up Disch. En Poor Babyglöös fehlen daar noch. De stunnen in Spieskamer. Badezusatz verdeel se ok up jeder Kist. Nu noch en maal döörtellen of se 24 Strümp oder Paketen för jeden harr. En of anner muss se noch upfüllen mit Schlickerejen. As Afschluß söög se fiev Steen, waar se de uphangen kunn. Dat wurr dat sturste. De eerste Adventskalenner hör Lukas, daar bummeln häntig Paketen an un bunt Strümp. Traute gefullt dat so good, dat se dach: dat is doch en mojen Wiehnachtsschmuck un wander daar glieks mit in Lukas Kinnerstuuv. Van en Müür no dat Schapp pass dat genau! Wat leet dat mooi!

Nu graad de nächste up en stabil Schleifenband bunnen. De hör in Martins Stuuv. He harr twee Spiekers in de Müür. Daar pass de good tüschen! Michaels hung se achtern an sien Hochbett.

Sara ehr Adventskalenner muss hoch genoog hangen werden. Daar muss noch en Spieker oder Schruuv in d' Müür. Se verstunn dat ja noch nich, dat se immer bloot en Paket utpacken drüff. Ja un Kemal sien Adventskalenner hung se bi dat Treppengeländer anhoch. Dat seeg ok richtig mooi ut.

Nu weer bolt jeder Stuuv wiehnachtlich dekoreert. En paar Luchten un Steerns noch in de Fensters. Traute wull mit ehr Kinner noch wat basteln un dat schull denn noch an en paar Dannentacken oder in de Fensters wiest werden.

Twee Daag later hung tegen de Adventskalenner an Trepp noch en tweden: ehr Familie harr ok för Traute en bastelt. So kunnen sik all sess jeden Moorn överraschen laten, wat all in de lütt Packjes is. Maal wat sööts, maal wat to spelen, oder ok wat praktisch. Traute sülvst wüss nich mehr, wat se waar inpackt harr. Ehr Familie freu sik över so en besünnern Adventskalenner. Se sülvst fund in ehr Paketen luter lütt Överraschungen: Parfüm, en Blömengoodschien, en Goodschien to afwaschen, Fröhstück maken, fein Gewürzen un Blömensaat. Sogaar en Glas mit Gengwermarmelaad weer daarbi. De fiev harren sik richtig Gedanken maakt.

Bald nun ist Weihnachtszeit

„Bald nun ist Weihnachtszeit, fröhliche Zeit und der Weihnachtsmann ist gar nicht mehr weit." Lisa sung Wiehnachtsleder för sik hen. Se harr sik vanavend an't Dekoreeren maakt. Rolf harr sien Wiehnachtsfier mit sien Arbeidskollegen. Lisa drüff hüm un sien Kolleeg nahst noch afholen.

Se harr de mooi Schwibbögen in ehr Stuvenfenster stellt. De lütt Engelschor sung up Bökerregaal. Tomtes beseet se ok dree Stück, de flietig Hülp ut Schweden. Lisa gefullt am besten de natürlich Deko.

All wat so överdreven bunt weer, gefullt ehr gar nich. För de Stuuv harr se ok al en mojen Adventskranz torecht maakt, ganz traditionell mit dick rood Kersen un rood Schleifen. De leeg up en groten Ständer. Nu wull se ok noch en Gesteck för de Disch maken, en mojen hellern Keers seet al up de Steckmasse. Noch de verscheden Sorten Gröön daar insteken un mit en golden Schleif, en paar Nöten, lütt rood Appels un en poor lütt Kugels verzieren. Dat moiste Gesteck weer aver dat eenfachste: een mojen rustikalen Teller mit en dicken Keers un rundümto Nöten. In Flur stunnen up Schapp de mooi Matrioschkas un in Eck de groot Bodenvaas mit Dannentacken un Strohsteerns.

Nu wurr dat ok Tied, dat se ehr Leevsten van sien Wiehnachtsfier afhaal. As Rolf in Huus keem, staun he bloot noch. „Oh, Tüdel, wat hest du dat hier mooi maakt! Ik hebb ok noch Wiehnachtsdeko mitbrocht. Hest du ok in de Karton keken?" Keken harr Lisa ja woll. Aver dat pass so gar nich bi ehr mojen Kraam. Dat wull se Rolf nich so direkt vör de Kopp hauen. „Dat is nu al laat genoog. Wi maakt moorn wieder." Rolf harr sik ok al en lütten Glimmer mitbrocht. „Wi gaht nu eerst in't Bedd. Ik gah al glieks in't Baadzimmer." Rolf hullt sik nu ok nich mehr up.

Anner Moorn wurr Rolf al up Tied henschickt to Brötkers holen. Lisa breuhde Koffie up un settde al Eierwater up. Güstern harr se eerst weer Eier van Marlene ehr flietig Tüdies holt.

Lisa un Rolf maken sik dat so richtig gemütelk bi ehr Fröhstück.„Hier hest du ja noch gar nix in´t Fenster. In mien Karton is en ganz mojen Steern, de lücht ganz mooi bunt. Van binnen na buten un van buten na binnen. De wesselt ok noch immer sien Farven." Rolf weer so begeistert van sien Steern. „Rolf, du meenst doch nich würgelk, dat ik so en Ding hier uphang. Weetst du, wo ik de Dinger nööm? Puffsteerns! Un de will ik hier nich hebben."
Nu weer aver en Mann up Schlips pett. As so en beleidigt Kind schoof Rolf de Ünnerlipp vör. Lisa muss richtig lachen, as he de Kopp so upstook. „Wi köönt glieks ja nochmaal in dien Wiehnachtskist kieken. Viellicht find wi ja noch wat Moois.

Glieks na ´t Fröhstück keem de Kist eerst up Disch. Un wat keem daar to´n Vörschien? Nötenknackers, Rökermantjes un ok de bunt Steern. Lisa keek sik dat Ding koppschüttelnd an. Se stook de Steker in. „Kiek di de doch even an. Daar werd de Navers doch bang. Of de kaamt un fraagt, of ik wat nebenbi verdenen will." „Denn hang ik de in dien ollen Höhnerstall up!" „Nix! De bring man glieks in de groot schwart Tünn!"

„ Nee, ik hebb en betern Idee!" hullt se hüm torügg. „Wi hebbt doch Schrottwichteln bit Arbeit. Dat is wat, wat ik mitnehmen kann." Lisa weer tomaal Füür un Flamm. So kunn dat fürchterlich Ding nochmaal en ganz neei Bestimmung kriegen. „Ja, in Gottes Namen! Nehm de mit! Du wullt de mooi Steern ja nich. Denn schallst man sehn, wo annern sik daaröver freut! Aver de Rökermantjes un de Nötenknackers blievt. Ik hebb aver noch mehr bi mien Ollen. Daar is noch mojen ollen Wiehnachtsschmuck un ok en groten Krüpp." „Willt wi nahst even hen to kieken?" Lisa much so geern ollen

Schmuck. Dat, wat se nich lieden much of kitschig weer, kunnen se ja glieks daarlaten. So weren de beid weer versöhnt, ok wenn de Puffstern en anner Bestimmung kreeg.

Barbaratwiegen

An de twede Wiehnachtsdag pingel dat bi Lisa un Rolf an de Huusdöör. Marlene un Uwe wullen noch even Wiehnachtsboom bekieken. De letzte Daag harren se bloot van wieden sehn, wenn Lucht weer of dat Auto ünnerwegs gung. De veer weren sik enig, Wiehnachten weer doch Stress. Na beid Öllern schull dat gahn un denn weren daar ok ja noch Oma un Opa, de luren. Wo schull dat eerst werden, wenn se Kinner harren. Denn mussen se sik wat infallen laten.

Do full Marlene in Stuuv en bleuhend Blömenstruuß up. „Wat hest du daar denn in Vaas stahn?" „Meenst du mien Barbaratwiegen? Keenst du de nich?" froog Lisa. „Daar hett Rolf sik aver nich veel Müh geven. De harrst du ok beter binden laten kunnt un wenigstens en paar bleuhend Rosen of en anner Bleut mit inbinden laten kunnt" narr Uwe Rolf. Lisa lach. „Dat sünd Tacken, de ik mi in Tuun plückt hebb un dat an en bestimmt Datum: de 4. Dezember. Dat is de Barbaradag. Wenn man sik denn Twiegen van Forsythien, Mandel- oder Kirschbööm rinholt, bleuht de bit Heilig Avend up. Mien Struuß is doch en Pracht, of meent ji nich?"

„De lett fein. Is üm disse Tied bloot wat besünners. Aver van Barbaratwiegen hebb ik noch sien Leev nix hört. Is dat ok so en neeimodschen Kraam as Halloween, wat van Amerika röverschwappt is?" Marlene weer immer noch in Twiefel. Do klär Lisa ehr up: „De 4. Dezember is de Dag van de heilige Barbara. De Legend na leev de riek Koopmannsdeern 300 Jahr n. Chr. in Izmit in de Türkei. Tegen de Will van ehr Vader wessel se na dat Christendoom. Daarmit harr se sik ehr egen Doodsurdeel schreven. Up de Weg in de Kerker fung sik en Kirschentack in ehr Kleed. Se stell de Tack in 't Water. En Wunner: Midden in de düstern Knast wurrden ut Knospen Bleuhten – un dat an de Dag, as se starven schull. De letzt Woorden van Barbara schöölt ween hebben: Du seegst ut as doot. Nu büst du upbleuht to en mojer Leven. Ik schall ok no mien Dood to en neei ewig Leven upbleuhen."

„Dat is ja romantisch!" Marlene gefullt de Legend üm de Twiegen good. „Un de bleuht immer Heilig Avend?" Marlene kunn dat gar nich recht glöven. „Jo, immer so üm de Tied!" bestätig Lisa. „Token Jahr gifft dat bi uns ok Barbaratwiegen. Dat schriev ik mi glieks in mien nejen Kalenner.

De veer makden sik noch en gemütelken Avend. Ünner de, mit rood un golden schmückten Wiehnachtsboom. Silvester wullen se sik dat bi Marlene un Uwe gemütelk maken, wenn se van en good Eten ut Kroog weer daar weren.

De Adventskranz

Blied keem Rieko na Huus. Se harr bi ´t Inkopen en mojen lütten Adventskranz updoon. De harr nich so düür ween un seeg mooi ut. Se wuss al genau, waar se de henstellen wull. Up Kommood tegen de Kiekkasten schull he sien Stee kriegen. Graad pack se ehr Waren ut un verstau de in d´ Köhlkasten un Spieskamer.

Nu noch eben na boven up Böön. In ehr Wiehnachtsschapp weer en mojen Teller mit Steerns as Ünnersetter för de Adventskranz. Se wisch de Kommood gründlich af un legg al glieks en Wiehnachtsdeken daar up. Fidi keem rin un wunner sik: „Wat is hier denn los? Fangst du an mit Wiehnachtsschummeln? Oh, wat is dat denn? De lett ja mooi, so mooi rood Kersen un verscheden anner natürlk Saken: Zimtstangen, Nöten un lütt Appels. De hest du doch düür betohlt?" Stolt vertell Rieko: „Nee, de köst man 5.99 €. För dat Geld kann ik de sülfst nich togang dreihen."

Rieko drapeer nu de Kranz up de Kommood. Daar hung noch en Schild an. Scheer muss d´r ok noch her to afschnieden. Wat stund daar denn so wichtigs up? De Pries nich. Dat wuss se. Un wat weer dat? En Instruktion för de Adventskranz! Dat harr se noch sien Leev nich sehn! Dat wull se eerst mit Verstand lesen. Spekulieriesen muss up Nöös.

Wat stund daar nu up? Dat man de Adventskranz up en nich entflammbaaren Ünnerlaag stellen schull. So en Blöödsinn! Dat man en Adventskranz nich in Bedd oder up dat Sofo stellt, wööt ja woll jeder. Flamm sticken? Wo schall dat denn gohn? Ehr Leven lang harren Rieko un Fidi ehr Kersen utpust. Weer nie wat in Brand kamen. De an en Fenster oder bi en Döör to stellen, waar dat weiht, weer ehr ok nich in Kopp kamen. För wo dusselig hollen disse Lüü ehr egentlich? Wenn en Adventskranz dröög is, kummt de ruut un wurd nich neei upklannert. En Keers tuuscht man ja woll ut, wenn de afbrennt is. Dat se nu ok noch en Feuerlöscher oder en Pott mit Sand rinholen schull, wull ehr gar nich in Kopp. Se wuss ok, dat se de Keers nich alleen brennen laten drüff.

Bi Kinner muss man ok immer mit dumm Tüüg reken. Se harr sülvst ja al gern an schnickern wesen. Dat rook doch to mooi! Nee, nee, nee, mit wat för en Dummheit van ehr Köpers reken de Herstellers egentlich. Ok dat Hund un Katt daar nich bi drööft, is ja woll klaar! Speeltüüg för de Kinner seeg ok anners ut. Eten wullen Fidi un se de lüttje Adventskranz ok nich. Wat dachen de Minschen sik bloot? Richtig rood anlopen weer Rieko. So reeg se sik över disse olle Zedel up. Fidi nehm ehr de ut de Hand. „Kumm, nu reeg di nich so up. Wi hebbt al so veel Johren en mojen Adventskranz hat. Kien en Johr is de in Brand geroden. Laat uns dat man all so bibehollen, as wi dat bitlang harren. De Minsch is doch en Gewohnheitsdeert un schlau genoog sünd wi ok so.“

De ganze Adventstied freuen sik Rieko un Fidi an ehr mojen, lütten Adventskranz mit Bedienungsanleitung.

De Kräuterhex

„Giesela, wat maakst du denn?" Marlene keem up en Tass Tee vörbi. „ Hier rückt dat ja at in en Parfümerie!" Giesela fung luut an to lachen. „Ganz so schlimm is dat nich. Ik hebb mien Lavendel torüggschneden un bündel dat nu to Drögen. Maal sehn, wat ik daar all mitmaak. Wiehnachten kummt van sülvst. Na un na haal ik de anner Krüder ok rin un verarbeidt de. Daar kummt maal en Rosmarintwieg in Essig oder Öl in en mojen Buddel to verschenken. Of ik misch dat ok mit Solt." Marlene staun bloot över Giesela ehr good Ideen. Ok dat se nu in August al över Wiehnachten nadenken de. Up sückse Ideen weer se nich kamen.

Ok so lütt Mitbringsel bruukde man immer. „Ik maak van allens daarut: Mien Melissenblööd füll ik in Teebüdels. Daar kannst wunnerbaar mit baden! Dat is ganz entspannend. Ik misch aver ok Solt ut dat Tote Meer mit Lavendel, Rosenblööd, Rosmarin of Ringelblömen. Dat gifft moi Baadsolt. In moi Glöös verpackt is dat en moi Geschenk. Kannst dat Ganze Jahr Glöös sammeln un verschenkst de wedder mit wat Mois. Rosmarin, Salbei, Thymian, Oregano bind ik to lütt Strüüß un mit groff Solt kannst de in Nudelsooß oder in Auflauf doon.

Ik besörg mi ok moi boomwullen Tüüg un naih daar krüderig Küssens ut. Je nadem wat daar in is, is dat denn entspannend of ok belevend. In d´ Kleerschapp hebb ik de dat ganze Jahr." So ganz nebenbi harr Giesela ehr Lavendel bündelt un uphangen. Nu kunn dat drögen.

As eerst wull se nu en Pott vull Tee ansetten. „Minsch, Giesela, daar kannst glatt Geld mit verdenen. De kannst up Wiehnachtsmarkt moi verkopen. Daar werd sückse Klenigkeiten meest söcht." Marlene weer Füür un Flamm. „Ik will di ok woll helpen, dat vörtobereiden. Mit Hauke is dat ja nich recht wat." Giesela gung dat all to flink un se wiegel noch af. „Denk daar man över na. Du hest soveel Krüderee. Glööv mi, an twee Sönndagen na d´ Wiehnachtsmarkt un du hest dien Geschenke för dien Familie d´ruut."

Marlene wull ehr noch wieder bearbeiden. Aver se muss dat eerst in Ruh överleggen un Johann schull sien Menen daar ok noch to seggen. Weer bit Wiehnachten noch en Sett hen. „ Marlene, bitte holl daar nu van up. Ik överlegg mi dat, aver so flink scheet de Preußen nich." Nu weer denn eerst Ruh van dat Thema. Geev ok anners genoog to schnacken bi de beid jung Frolüü. Hauke verlang ok sien Recht. He wull geern wat van de Disch hebben. All wat de Groten eten un drunken, weer för hüm ok spannend.

In´t Weggahn muss Marlene Giesela aver nochmaal daarup henwiesen, dat se sik dat mit de Krüden doch överleggen schull. „Ja, ja!" antwoord se daar bloot up. De Floh harr sik aver al fastsett bi ehr. Avends vertell se Johann van Marlenes Vörschlag. He froog ehr: „Hest du denn soveel Krüden un ok Glöös un wat du anners so bruukst? Van mi ut kannst du dat doon. Denn is dat ganze Gröntüüg ok doch to wat nütz. Höhner dröffst daar ok ja nich mit fouern. Denn schmeckt de Eier daarna! Döör d´ Winter kriggst dat wenigst daarvan."

Giesela maakde sik aver Sörgen, dat se ehr beid Leevsten in Wiehnachtstied alleen laten schull. „ Ik wööt, dat en Adventsmarkt van de Landfrauen Volkstrauertag is un en is 1. Advent. Dat is de van de Gewerbevereen. De sünd blied, wenn se Utstellers kriegt. Dat is ok doch en moi Taschengeld för di!"

Nu weer Giesela an Tour: De ganze Laatsömmer weer se an Krüder drögen un verarbeiden. Överall harr se sik moi Glöös herbedelt. Haukes beid Omas harren noch welk stahn un ok moi Buddels kreeg se. In ehr egen Flickenkist fund sik noch allerhand an Boomwulltügg an. Ok de Omas geven weer wat to. Giesela plünner sogaar de Vörgorden van Marlene. De harr dat aver sülvst schuld! Se harr ehr dat ja anschüünt. Dat rook toletzt in ehr Afstellruum as in en Hexenköken. Körbenwies stunnen daar eerst bloot de Buddels un de Glöös. Na un na gesellen sik daar ok Solt un Öl to. De Krüder wurden luftig uphangen upbewohrt.

Af Enn Oktober stunn Giesela nu in jeder frejen Minut in ehr Hexenköken un verarbeid ehr Todaten. Tüschenin seet se denn noch an Naihmaschin, naih lütt Küssens in Hart- un Sternenförm. Deelwies keem daar noch en Uphangerband ut en mojen Schleif an. Wat leet dat doch moi. De befüllen un de Glöös vullmaken, schull Marlene mit. Överall keem en mojen Upklever up, wat daar in weer. De harr Johann up Computer torecht maakt. Dat seeg richtig fein ut. Pünktlich to de 1. Utstellen weren al Krüder verpackt un Giesela un Marlene dekoreeren ehr Disch in de Utstellungsruum. Se harren sogaar von Johann noch en grötter Schild kregen, wat se bi ehr Stand upstellen kunnen, dat se jo nich översehn wurrden. Daar stund up: „Krüderhex". Giesela un Marlene harren veel Spaaß an ehr eersten Wiehnachtsmarkt.Verkopen deen se düchtig. Se harren anschienend en Marktlücke entdeckt. Avends gungen se rechtschopen mööi, aver tofree up´t Huus an.

De token Week wullen se noch maal weer no de anner Markt. Nu wunnern sik de beid jung Frolüü aver düchtig. Daar kemen doch würgelk Kunden, de verleden Week al köfft harren weer, un leggen sik en lütten Vörraad mit Waren ut Gieselas Hexenköken an. Froh weer ehr Stand utverköfft. Harren se dat wusst, harren se noch mehr vörbereid. Nu weren se schlauer. Token Johr schull ok noch weer Wiehnachten werden. Denn wull Giesela noch mehr Krüderee anplanten!

De vergrellte Wiehnachtsmann

De dick Halloweenkürbis, de Malljan un de Osterhas seten binanner up Bank. Se harren Spaaß mitnanner, weer mooi Weer. Man kunn sogaar in Dezember noch buten sitten. Muss woll en warm Jack an, aver frisch Luft de immer good. Do hören se van achtern en Gepulter un en Gestöhn. Wiehnachtsmann weer weer daar. Man wo seeg de denn ut? Knööp van sien Mandel hungen d´r bidaal. De good leren Güddel weer reten. Wat weer passeerd? De arm Keerl weer so wittnöösig. „Wiehnachtsmann, wat hest du denn? Wo süttst du denn ut?" De dree annern kregen dat mit Angst to doon. „Hest du en Unfall hat? Oder büst du överfallen wurden?" Am mesten Sörgen maak sik de lütt Osterhaas.

Nu wessel de Wiehnachtsmann weer sien Gesichtsfarv van witt no rood. He reeg sik düchtig up: „De Kinnergören van vandaag. Kien Benehmen hebbt de. Ik seet in dat groot Koophuus. De harren mi doch bestellt. Se wullen Biller maakt hebben. Bloot de Kinner hebbt mi in mien Baart loken, an mien Gürdel reten se mi rüm. Denn wullen se kieken, of mien Buuk echt is. So en dumm Tüüg. Ik kann nich mehr!" „Dat di dat sehr doon hett, kann ik mi denken."

„Ik weer ok mennig Maal utlacht mit mien bunten Anzug. Aver denn wies ik ehr de lang Nöös. Denn verfehrt sik groot un lütt Lüü. Wi sünd doch daar, üm Freud to bringen. Ik mit mien Spijöök, Osterhaas bringt Freud to Ostern mit de bunt Eier un to Halloween gifft dat noch wat gruselk. Denn schnied de Minschen doch de Fratzen in en Kürbis un stellt daar Luchten in.

„Dat is doch ganz wat anners. De Minschen riet nich an jo rüm. Un doot jo sehr. Nee, nee, nee! Ik goh nich weer loos! Ik bün daar mit döör! Ji köönt maken wat ji willt!" „Wiehnachtsmann, drink in Ruh dien Tee un denn leggst du di eerst en Sett hen. Moorn geiht di dat weer beter." Lütt Osterhaas wüss woll, waar Wiehnachtsmann van schnack. Dat vergung aver weer un se freuen sik immer weer över de blied Kinnerogen.

Wiehnachtsmann gung dat jüst so. He maak sik heilig Avend weer up Padd mit en groten Sack vull Packjes. För all de Kinner. Of he aver noch maal in en groot Koophuus gung, dat he mit Kinner knipst wurr, muss he sik noch överleggen.

En kommodigen Avend

Giesela harr all de Naversfrolüü nöögt to en Dischdekenavend. Se harr sik van ehr Fründin beschnacken laten. In 't Jeverland weer de Froo al bolt all Huushollens döör un nu breed se ehr Föhlers wieder ut. Na ja, Gieselas Schaa weer dat nich. Se kunn sik en Dischdeken utsöken un kreeg dat up Koop to.

De Navers wullen sik geern de neeist Kollektion van de Dischdekentant ankieken. Weer Anfang November un man kunn ja ok al maal an Wiehnachten denken. Nüms bruuk mit Auto ünnerwegens un daarüm harr Giesela sik ok wat besünners infallen laten: bi ehr geev dat Seemannsbowle. Wittwien, Rum, Sekt un Zitroon un Zucker un denn mooi köhlen. So keen se dat van ehr Mama. Wo lang harr se dat nich mehr hat!

Johann muss vandaag Hauke in Bedd bringen. Genau üm de Tied kemen ehr Gasten. Giesela harr ehr Plättbrett in Stuuv upbout. Daar schull Froo Krämer ehr Waar upleggen. Se sülvst brooch ok noch en Garderobenständer up Rööd vull mit Dischdekens mit. Dat kunn noch wat werden.

Lisa un Marlene broggen Traute al glieks mit. „Rieko holt Frieda, Gesine un Trudi noch af. Kummt Hanne ok?" „Seggt hebb ik ehr dat. Wenn ehr dat good gung, wull se kamen." Do hören de jung Frolüü al Geschnöter up Stroot. Daar weren all de Froolüü, de noch fehlen, ok Susanne.

Giesela versörg ehr Gasten glieks mit wat to drinken. De öller Damen weren doch wat vörsichtiger mit de Bowle un drunken lever wat ohn Alkohol. Knabberee stund up Disch paraat. Nu kunn dat recht kommodig werden. Froo Krämer begrött ehr glieks van Harten.

As eerst drüff Giesela sik en Dischdeken utsöken. Bi ehr Fründin harr se sik al nich tüschen twee entscheden kunnt. Nu kunn se dat twede Deken so geschenkt kriegen. Dat seeg wunnerbaar ut, as wenn se en Linnendeken harr. Dat weer dat aver nich. Dit wurr nich Maal kruus – see de Froo.

Froo Krämer bout ehr Dekens an, veel daarvan kunn man in verscheden Farven kriegen. Ok all Grötten bout se an.: för de lütt Eckdisch oder de grötter Anrichte. Sogaar för de nobel Tafel mit de ganze Familie, de utsegen as Damastdekens. Immer wedderhaal se, dat de gestresste Huusfroo de nich plätten bruuk.

Giesela schunk flietig ehr Bowle ut. De weer besünners süffig. So flogen de Dischdekens van en to de anner. Jeder harr sik en utkeken, de se gern besitten wull. Aver de Naversch schull nich de sülvige willen. Well weer am flinksten? Je mehr Bowle in ´t Speel keem, je ieverger wurden de Froolüü. Froo Krämer bruuk bloot noch upschrieven. So en günstig Angebot geev dat so flink nich weer.

Nu keem dat Best up Disch, de neje Kollektion. Wiehnachtsdekens! Veel ohhs un ahhs begleiten de Dischkleer. Ok daar wurr noch maal togrepen. Lisa un Marlene wullen gern en Deken mit wenig Stickerejen. Traute sööch wat för de gesamte Wintertied. Jede fund hier sien Lieblingsstück.

Na en lüstigen Avend maken se sik weer up Padd na Huus. De jung Froolüü weren wat wienselig un weren bloot an ´t Guffeln. Innerhalb van de nächst teihn Daag mussen se ehr Geld bi Giesela aflevern. De Froo wull veerteihn Daag na de Dischdekenavend de Waren bringen. Denn kunn Giesela de verdelen. Mit twee groot Kartons keem se denn anschlepen.

„Ik hebb so good bi di verköfft. Dat leeg seker an dien Bowle. Ik hebb di noch en Deken extra inpackt. Dat muchst du ja so gern lieden." Giesela wunner sük. Nehm de aver gern an, wenn man al maal wat schunken kriggt. Se bedank sik noch Maal för de Avend. Nu weer de Arbeid an Giesela.

Een üm anner Maal muss se nu Tee, Koffie oder ok Grog drinken, wenn se de Dischdekens aflever. De Frolüü weren sik aver eenig, dat se en kommodigen Avend hat harren. Sowat kunn man doch ruhig wedderholen. Denn aver ohn de Dischdekentant. Dat wurr denn doch to dürr.

Heilig Avend in Busch

Mit rood Nösen kemen Greta un Jelko van´t Spelen rin. Buten froor dat Steen un Been. Binnen seten ehr Mama un Papa mit Förster Dahlke bi Tee un Wiehnachtskoken. De Adventskersen lüchten up Disch. De beid Kinner freuen sik. Förster Dahlke muchen se gern lieden. He kunn ehr immer so interessant Saken ut Busch vertellen. „Unkel Dahlke, vertellst du uns weer Geschichten?" Jelko seet al bi hüm. „Nee, ditmaal wull ik jo inladen!" „Waarto dat denn?" Nu wurr Greta ok neeisgierig. „Willt ji mit mi to Wild fouern an de Heilig Avend? Ik goh vörmiddags immer noch Maal in d´ Busch un versöörg de Deerten mit allerhand Leckerejen. Dat is nett as wenn de ok wööt, dat Heilig Avend is." Greta un Jelko funnen dat spannend un wullen gern mit. „Mama, Papa, drööft wi?" De beiden weren ganz upgeregt. Manuela un Simon genehmigen ehr de besünner Wiehnachtsutflug.

Se wullen an Heilig Dag üm half teihn los un dat Wild mit Fouer versörgen. Pünktlich weren se to Stee. Förster Dahlke luur al mit sien Handwogen, beloden mit Kastanies, Eckels, Wuddels, un Appels. Ok en Heuball harr he in sien groten Wogen packt. Se mussen düchtig luken.

„Fouerst du de Reh un Wildschwien un ok de Hasen immer mit so lecker Saken?" wull Greta wöten. „Un waar hest du de Eckels un Kastanies all her? Soveel hebbt wi doch gar nich sööcht." Förster Dahlke vertell ehr denn, dat he dat kopen kunn. Wuddels un Appels kööf he up en Buurnhoff. Dat Heu kreeg he daar ok. Veel Kastanies un Eckels weren van Kinner sööcht. Wenn he denn noch welk bruuk, kunn he de no tokopen.

Nu mussen se aver ruhig ween, anners verdreven se dat Wild van de Fouerplatz. Sacht lepen se up de Krüpp daal. Eerst schneed Herr Dahlke de Heuball mit sien Taschenmest open un stopp dat in de

Krüpp. Daar tüschen drück he immer weer Appels un Wuddels. Greta un Jelko hulpen hüm düchtig. Denn verstrejen se noch wat van dat good Fouer an Boden, besünners de Eckels un Kastanies. Herr Dahlke hol noch en halben Sack mit Vögelfouer ut sien Handwogen. Daar sögen se en Stee ünner de Bööm för un strejen dat daar hen.

Nu wullen se sik versteken. De Förster nehm ehr mit up en Hochsitz. Hier kunnen se nu mooi beobachten, wecker Deerten kemen un sik satt freten. „Jelko, kiek maal: Daar hoppelt en Haas un nu kummt en Reh to freten. Herr Dahlke, hebbt de dat roken?" froog Greta. „Ik wööt dat nich. Ik glööv, de wööt, dat Wiehnachten is un se en extro Portion Freten kriegt. Ik fouer de anners ja bloot wat to, wenn se nix mehr finnen köönt, wiel hier so hoch Sneei liggt. Dat sünd ja wild Deerten, de sik sülfst versörgen köönt." En kört Tied beluren se de Reh un Hasen un Vögels noch bi't Freten un denn trucken se wieder na de nächste Fouerstee.

Hier stoken se dat Heu in en ümweihten Boom, wiel se kien Krüpp harren. So leeg dat nich direkt up Grund un wurr natt. Ok de anner Frücht verdelen se hier. De Katteker segen se al glieks bi't Boom hoch rönnen. He harr sik an de deckte Disch en Eckel sekert. De Kinner weren so blied, dat se de Deerten an Wiehnachten satt to freten bringen kunnen.

So freuen se sik ok up en mojen Wiehnachtsavend. Wat se woll all an Geschenken kregen?

Lasten afschmieten

Heike röön mit hochroden Kopp döör de ganze Wohnung. Se wull all ehr wertvullen Kraam in Sekerheid bringen. Hannes, ehr Ehegespons, harr ehr güstern vör vullendet Tatsachen stellt. He harr de Schedung inreicht. En Ehe harren se al lang nich mehr führt. Hannes meen, bi hüm weer de Jungheid weer utbroken. Dat weer Heike ok nich verburgen bleven, all de jung Frolüü, waar he mit ünnerwegs weer. Nu weer dat aver vörbi un se bruuk sik daar nich an argern.

De gröttst Sörg van Heike weer aver, dat he sik an ehr beriekern de. Mit nich veel mehr as twee Aldituten weer he bi ehr intrucken. Arbeit harren se de ganze Tied över beid. So harren se ehr Inkamen deelt.

As Allereerst packde Heike ehr gesamten wertvullen Schmuck binanner un ok de Aktien, de up ehr Naam utschreven weren un daar weer se nu blied to. Ehr Ollen harren ehr de maal tokamen laten. Se packde dat ganze Sammelsurium in en häntigen Kuffer. Daar wull se moorn froh as eerst mit no de Bank un de in en Schließfach inschluten laten. Dat good Service mit de Echtgoldauflage van Tant Hedwig stund siet van nomiddag bi ehr Mama un Papa ünnert Öken. Se trou Hannes nu ganz veel to.

Dat Sülverbesteck muss se ja delen. Dat harren se ja to ehr Hochtied kregen. Ok mennig Stück Geschirr, waar se sik enigen mussen. Schapp för Schapp, Kommood för Vitrin keek Heike döör un överleeg: Wat kummt van mien Siet un wat kummt van sien. Se harr aver ok dat Geföhl, dat hier ok al keken wurden weer. Dat Plöz stunn anners. Ehr fullt aver nich up, wat fehl. De Möbel wull he ja nich mithebben. Weren hüm oder sien neje woll nich good genoog.
Dat Sorteeren truck sik över mehr Daag hen. Na de Aktien froog de Kerl ok doch glatt. Heike hett hüm aver do en Vögel wiest un hüm

vertellt, dat nich en up sien Naam weer. De en Goldbarren van 1 g, de se hüm in ehr jugendlichen Leichtsinn maal schunken harr, muss se hüm ja laten. Dat kunn se aver noch nett so verknusen. Vergebens harr se no de wittgolden Trooringen söcht. De harren se ok delen musst. De weren seker al lang verschachert wurden. Hannes sett bloot en hämisch grinsen up. Ut de Wiehnachtskisten wull he nichts, buten de drechselt Adventskranzständer. De Oll harr tolehrt un wuss wat dürr, good un mooi weer. Daar schull he aver selig mit werden. Dat weer en Geschenk van sien Öllern to ehr teinten Hochtiedsdag vergangen Johr wesen. Heike kunn sik wat Neeis kopen.

Nu weer he ut Huus! Se hullt all dree Schlödels un ok de Garagenschlödels in Hannen. Egentlik harr dat luut knallen musst, so en groten Flint weer ehr van´t Hart plumpst. Nu muss se ganz graad de Schlösser anropen, dat de noch de Schlöten uttuusch. De wuss ja al Bescheed. Denn kunn kien ungebeten Gast mehr vör ehr stohn.

Dat gung up Wiehnachten. Heike weer so blied in ehr Wohnen an dekoreeren. Se harr de Malers daar döör schickt. De old Möbel harren en neei Stee kregen. Dat olle Schlaapstuuv weer an dat soziale Koophuus gohn. Se kuschel sik nu avends in en Himmelbedd.

In jeder Stuuv keem mooi Wiehnachtsdeko hen: maal en paar Engelsflögels, de mooi Drööms wünschen bi en nobeln Schwibbogen ut dat Erzgebirge. In Köken hung se Nikolausstrümp ut ehr egen Kinnertied up. In en groten Vaas stunnen Dannentacken. Hier danzen Speeltüügfiguren an. Üm de Rundbogen tüschen Eetzimmer un Köken wund sik nu en grönen Dannengirland mit lüttje Luchten un Strohsterns.

In Stuuv stunn Wiehnachtsmann sien Schlee, vull bepackt mit Paketen un en Sack. Wat schull daar woll al in ween? Heike harr so richtig ehr Spaaß daar an, sik dat so gemütelk to maken. För de Adventskranz harr se en Teekist up Flohmarkt köfft. Immer wedder gung se döör de wiehnachtlich schmückt Rüüms. Immer wedder dach se denn, wat is dat doch mooi, dat du di dat inrichten kannst, as du wullt. Nümms quakt rüm: „ Wat schall denn ollen Schiet hier rüm stohn! Maak de olle Stromfreters ut. De köst blot Geld!" Nümms strumpel absichtlich över en Dekowiehnachtsmann mit sien groot Fööt!

Nu harr sik dat all van sülvst riecht un Heike föhl sik daar richtig good bi, Ditmaal wull se Wiehnachten fieren, as se dat wull. Viellicht nöög se sik en paar Fründen, de ok alleen stohend weren oder se kook för sik alleen wat moois. Nümms kunn ehr dat verdarben, wiel he daar in Sessel seet to gnuffeln. Dat Leven kunn so mooi wesen. Luut sung se vör sik hen:

Fröhliche Weihnacht überall,
tönet durch die Lüfte froher Schall.
Weihnachtston, Weihnachtsbaum,
Weihnachtsduft in jedem Raum.

Heike nehm sik vör, an de nächst Sönndag in de Kark to gohn. Se wull Dankbaarkeit wiesen. So liecht as ehr üm dat Hart weer.

Heike freu sik nu al up en mooi ruutputzten Wiehnachtsboom! Wat schullen dat för mooi Daag werden, na all de Upregen, de se hat harr!

34

Modern Tieden

Nikolaus un Wiehnachtsmann seten binanner to simuleern: „Nee,"
meen de Nikolaus, „Wi mööt ok sehn, dat wi en anner Fohrtüüg
kriegt. Mit Peer un Slee geiht dat nich mehr. Eerstens liggt kien
Sneei mehr so as fröher, dat kannst aver ja upfangen döör en Kutsch.
Man twedens passt dat nich mehr in disse Tied.

„Wo hest du di dat denn dacht? Hest du en Idee? Du büst ja ok eerst
loos wesen un hest de Kinner blied maakt." Wiehnachtsmann kunn
sik överhoopt nich vörstellen, wo dat muss. Nikolaus harr good
uppasst, as he up d´ Eer weer: „Pass up, dat gifft so Motorrööd mit
veer Rööd. Quad nöömt se de. Dat weer woll wat. Daar is Bott up
to sitten. Wi hebbt Bott mit uns Mandel, achtern kann noch de Sack
up. De kannst in all bunt Farven kriegen. Un wat mi daar noch an
gefallen deit, de kannst so stohn laten. De kippt nich üm. De hebbt
ok noch anner Fohrtügen. Daar is en Dack över. Dat is nix för
uns.Denn mööt wi immer en mithebben, de fohrt un dat ruut un rin
klautern is lastig. De Sack köönt wi ok nich so afleggen."

Wiehnachtsmann weer nadenkelk wurden. Dat klung all ganz
interessant. Se mussen sik de Tied anpassen. De Kinner glöven nich
mehr, dat se döör de Schörnstein kemen, dat se mit Peerd oder
Rentier kemen. Se mussen sik wat infallen laten, dat se weer
interessant wurden.

„Wöötst du wat, ik kiek mi de no Wiehnachten an, wenn ik mi van
mien anstrengend Tour verhaalt hebb. Dit Johr nehm ik noch Maal
uns Peerd Molli un de Wagen. Sneei liggt ja nich. Denn kann ik ja
stillkens kieken gohn. Ik bruuk mi ja bloot anner Tüüg antrecken."
„Hest ja bolt en dreeviertel Johr Tied. Musst di daar ja noch wat in
finnen. Wat meenst du, willt wi uns so en neei Fohrtüüg nich
mitnanner toleggen. So faken bruukt wi dat ja nich. Van´t rümstohn
wurd dat nich beter." Nikolaus harr sik al mehr Gedanken maakt un

alleen kunnen se sik so en neei Fohrtüüg nich leisten.

„No Neeijohr, wenn ik mi verhaalt hebb, goht wi mitnanner los un kiekt uns wat an." Dat wurr April bit de beid ünnerwegs kemen. Se weren aver flink eenig, dat se sik en Quad anschaffen wullen. De weer am hannigsten för ehr. Se harren sik de groot Paketwogen bekeken un de lüttker Postautos. Dat weer all nich recht wat. So en Quad schull dat ween. De stund ok nich in Weg, wenn he nich bruukt wurr.

Token Johr kaamt Nikolaus un Wiehnachtsmann denn mit en modern Fohrtüüg. Of wi ehr denn woll kamen hört? En Motor brummt doch.

Nawass

Andrea harr al länger Tied ehr Wohnen wiehnachtlich upklannert. Ehr Mama Elfriede wuss ok Bescheed. Se luur jeden Dag up ehr Pupp. Denn bruken se ja en Uppasser för Malte un well kunn dat beter as Oma.

So langsaam wurr se unnöselig. Andrea wull to Wiehnachten mit ehr Familie ünner d´ Wiehnachtsboom sitten. Ennelk meld sik dat lütt Pupp. En Dag na Nikolaus wurr denn de Lütt geboren. So kört vör Wiehnachten schull se Marita heten.

Malte wull eerst gar nich veel van ehr wöten. Oma Elfriede pass nu up hüm up. Se wull hüm wiesen, dat he de groot Bröör weer. Se kööf daarför extra en Pupp, de Malte ok wickeln kunn. Daaran hett se hüm dat all bibrocht un Malte gung in Omas Tuun spazeeren mit de oll Puppenwagen van sien Mama mit dat Baby daar in.

De ganze Tied weer he an´t Plappern. Do gung Elfriede bi un vertell de groot Bröör, wat daar in Tuun wuss: „Malte, dit is en Appelboom!" „En Appelboom? Dit is en Appelboom, Baby!" „Daar is Kiki, de Hund van Oma un Opa." „Kiki, Kiki! Kiki lieb! Kiki bleekt!" Malte nehm sien Baby ut de Wagen. „Oma, Baby hett Angst." „Denn nehmst du dien Baby in Arm un vertellst ehr, dat se kien Angst hebben mööt. Du büst ja de groot Bröör. Du musst Marita nu ok all wiesen, wat se noch nich keent." Recht interessant weer sien lütt Süster nich. De kunn ja noch nix un so interesseer se hüm nich.

Mit de Tied dreih sik dat Speel aver. Malte weer stadig bi sien lütt Süster to finnen. He sabbel ehr richtig vull. Wenn he ehr nix vertellen de, meen he, he muss ehr afknutschen un mit ehr schmusen.

Am leevsten wull he ok bi sien Mama up Schoot, wenn se de Lütt fouer. Se maken sik nu all mitnanner up dat groot Sofa breed. Daar weer denn ok noch Bott för de stolte Papa Stephan. Daar seten se nu un fouern ehr beid Babys: Marita un Malte sien Pupp. Mit de Tied kunn Andrea hüm sogaar övertügen, dat he sien lütt Süster schlopen laten muss, daarmit se groot wurr. He wull denn doch mit ehr spelen.

Malte weer nu blot noch leev to dat Wiehnachtspupp. Sien lütt Süster schleep doch de meste Tied. Un wat harr sien Oma noch seggt? „Wenn he nich leev weer, keem de Wiehnachtsmann nich!" He kunn sik dat woll nich vörstellen, wo dat gohn schull. Schaden kunn dat aver ja nich.

38

Neeijohrskoken backen

Dat weer tüschen Wiehnachten un Neeijohr un na good oostfreesk Tradition wull Andrea Neeijohrskoken backen. Se harr de Mengsel al ansett, dat de al wat dejen kunn. Wenn ehr beid Lütten, Malte un Marita in Bedd weren, wull se flietig bi. Andrea seet noch kien halven Stünnen to backen, dat leep ehr jüst so richtig fleidig van Hand, do geev dat en Stichflamm un all weer dat düster.

De Kiekkasten see nix mehr, de Wiehnachtsboomluchten weren ut un all annern ok. Nichmaal de Uhr in ehr Backovend lücht noch. Stephan stunn bi ehr. He reet man so de Steker ut de Steekdöös. „Wat weer dat denn?" froog he. „Ik kiek maal mit Füürtüüg of de Sekerungen all d'rin sünd." Düür man eben un se kunnen weer sehn, wat se seggen.

Dat oll Neeijohrsiesen van Oma Käthe weer schwart! Daar kunn Andrea nich mehr mit wiederbacken. Un nu? „Nu settst du di flink in Auto un fohrst na 't Koophuus un köffst di en neei. Noch sünd de Ladens open!" Stephan nehm Andrea de Entschedung af.

Ruckzuck weer Andrea weer torügg van ehr Inkoop. Dat Glück weer ditmaal up ehr Siet ween. De Laden harr noch genau twee Hörnchenautomaten, so heet de Neeijohrsiesen up hochdüütsch, hat. En Raad geev dat ok noch mit up Padd: „Versöök dat bi de Versekerung to melden. Viellicht hest du ja Glück. Dien old is ja ohn dien Todoon kört gohn." In Huus maak Andrea sik glieks weer an't Backen. Se harr ja al Tied genoog verloren.

Stephan wart nu ok noch mit en Överraschung up: „Ik hebb bi dien Öllern anropen un van uns Verdreet mit dat Neeijohrsiesen vertellt. Du kriggst glieks Hülp!" „Dat glöövst du doch woll sülvst nich! De sünd blied, wenn se ehr egens klaar hebbt." Andrea wull dat nich so recht glöven. Se keen ehr Ollen.

Do pingel dat an Döör un well stund daar vör? Andreas Mama un Papa mit Inkoopskörv. Daar drogen se ehr egen Neeijohrsiesen in spazeeren. Nu gung dat rund mit twee Iesens: de Koken flogen man so över d'Disch. De Frolüü backen un de Mannlüü mussen rullen un falten un wegrümen. Dat en Iesen back mit en Waffelmuster un dat öller Isern back mit dat moje ostfreeske Wappen. Nu maken de Koken ok noch recht wat her. Wat nobel!

Stephan maak tüschenin Tee. Denn muss Andrea aflöst werden. Ehr lütt Pupp verlang ehr Recht. Andrea versörg ehr mit ehr Buddel un en nejen Pampers. Nu drüff se noch eben mit Oma un Opa schmusen. De jung Froo seet aver al weer an ehr Iesen. Nu leep dat Koken backen so recht. De groot Kumm vull Mengsel wurr immer minner. Tüschenin weer se al daar an erinnert wurden, dat se ok Neeijohrskoken mit en dünnen Bindfaden backen muss. Bi de Silvester- oder Neeijohrsfier drüffen de nich fehlen. De mussen aver in en extra Trumm verpackt werden.

Andrea harr al maal nafraagt, of se noch wat anröhren schull. De Neeijohrsiesens gleuhen, de Neeijohrskoken flogen deep. De Veer schaffen fix wat weg. Good twee un een half Stünnen verbrochen de Backers mit hochrood Köpp bi dat Koken backen. Denn harren se ehr Wark doon.

Se weren sik eenig, dat dat Neeijohrskoken backen to Veert doch mehr Spaaß maak un veel fixer van Hand gung. Token Johr wullen se sik ok weer tohoop doon.

Een üm Anner Undöög ut fröher Tieden wurr to'n besten geven. Andreas Öllern wussen to vertellen, dat se fröher in de Silvesternacht ünnerwegs gohn weren un allerhand Schabernack dreven harren. So wurd alles, wat nich niet- un nagelfast weer, verschleept. De Mülltünn van de en wurr de anner Naver vör de

Döör stellt, mit en Struukbessen wurr de Döör versperrt oder sien Ledder fund man denn ok woll bi de Naver weer. Man harr sien Wark bargen schullt!

Ehr Papa kunn sik besinnen, dat bi ehr achter't Huus up en Neeijohrsmoorn tomaal en groten holten Döschmaschin stohn harr. He harr daar en Paar Week stohn, wiel de woll nüms vermissen de. Irgendwenner hett sik de Egendömer de denn weer afholt. He harr de up't Land ünner en groten Plaan stohn hat. De anner Kraam weren immer flink to kennen un wurden torügg geven oder afholt. Meest geev dat noch en Grog up to. Sükse Silvesterdeven wurden meest nich bestraaft, wiel sik allens weer infund. Harr eben Benen kregen un kunn lopen.

Man nu schull dat en Fieravendsgrog geven. Dat Backen weer so good lopen, dat se sik de verdeent harren.

41

Neeimoodschen Kraam

„Hest dat lesen in´t Blatt? Daar kannst en Wiehnachtsboom leasen. Dat köst di denn för en twee Meter hogen Boom achtzig Euro. De Lüü werd all verrückter. Disse düür Bööm kriggst du denn Dag för heilig Dag in Huus levert. De hollst du aver bloot bit en of twee Daag na Wiehnachten. Denn haalt de Görner de weer af un plant de weer in. Man kann sik doch veel billiger sülvst en Wiehnachtsboom mit Wuddel kopen un de na Wiehnachten ruutplanten.“

Uwe reeg sik düchtig över dissen neeimodschen Schietkraam up. „Nu kumm man weer rünner. Ik hebb al siet mehr Jahren en Wiehnachtsboom mit Wuddel. Laat uns doch maal in d´ Tuun kieken. Daar staan mehr Dannenbööm. Fichten un ok Nordmanndannen.“

Marlene armüseer sik. Se wull hüm noch wat zappeln laten. „Ja, dat weet ik doch. Bloot, wat wullt du mi seggen?“ Uwe harr daar wat in d´ Luur. He keen sien Leevste. De stevige, junge Mann greep ehr un schoof ehr ut de Döör ruut. „So, un nu seggst du mi, wat dat mit disse Dannenbööm up sik hett! Irgendwat hest du doch vör. Ik keen di! Nu kummst du mi hier nich eerder weg, bit ik dat weet!“ Wenn dat nich so kolt un regensch wesen harr, harr Marlene Uwe noch länger up Nöös rümdanzt.

„Nu laat mi man los. Ik vertell di dat.“ Se zappel wat rüm in sien stark Arms. „Luur to: Ik bün hier al maal kieken ween. Wi bruukt uns dit Johr kien Boom kopen. Hier is noch woll en bi. Denn dröfft de noch Maal in Stuuv. Wi köönt ja kieken, of wi hüm afsagen mööt, of de Wuddel in en Pott passt. Denn kann dat aver nich stadig so warm ween in Stuuv. Denn kriggt wi hüm nich weer togang.“ „Du hest al en Wiehnachtsboom utsööcht? Uns eersten Wiehnachtsbooom, de wi mitnanner hebbt, schall en gebruukten ween?“ Nu pluster Uwe sik up as Marlenes Hahn.

„Oh, oh, hebb ik di in dien Stolt versehrt? Bloot wiel ik bi mi in

Tuun keken hebb un wiel ik Geld sparen wull? Minsch, Uwe! Överlegg doch! Wat schöölt wi uns en düren Boom kopen, wenn wi en hebbt. Ik hebb butendem kien utsöcht. Ik harr dat noch an di seggt. Kiek di de doch maal in Ruh an. Denn kummst du to dat sülvig Ergevnis." Marlene wunner sik bloot över Uwe. „Ja, denn laat uns nu mitnanner kieken. Dat sünd ja würgelk mooi Bööm. So groot sünd disse letzten ok noch nich. Wat meenst, dissen Boom is sowat twee Meter, is en weken Nordmanndann un ik kann ja maal kieken of ik de in en Kübel krieg. Anners köönt wi de ja immer noch afsagen. Wat meenst du?"

Uwe harr genau de sülvig Boom utkeken as se sülvst. Denn wull Marlene hüm dat Geföhl laten, dat he de Idee hatt harr. „Jo, dat is en mojen Boom un denn kriegt wi dit Jahr en Recyclingboom in d´ Stuuv. Ganz egaal of he afsaagt wurd of sien Wuddels hollt. De hett up jeden Fall kien achtzig Euro köst. Token Johr köönt wi denn ja weer kieken, wo disse Bööm sik maakt hebbt. Anners koopt wi uns en mojen lütten Dannenboom mit Wuddel un köönt de ok weer twee Johr un mehr in Stuuv stellen. Wi recycelt uns Wiehnachtsbööm noodfalls as Brennholt!"

Leasingwiehnachtsbööm – mit so en neeimoodschen Schietkraam harren se nix an d´ Hood.

Niklaus ist ein guter Mann

Avends bi 't Eten froog de lütte Michael: „Köönt wi ok maal na Wilhelmshaven na de Wiehnachtsmarkt gahn?" Traute un Kemal wunnern sik, wo de lütte Bödel up sowat keem. So dicht bi weer dat nu ok ja nich. Daar harren se egentlik ok nich henwullt. Veel lever verbrochen se de Adventssönndaag gemütelk in Huus. „Wat is daar so besünners? Wi köönt hier dichter bi ok doch hengahn." Traute wull weten, waarüm he daar so unbedingt hen wull. „ Mama, Tina un Anna hebbt in d´ School vertellt, dat daar en Sünnerklaas weer, de richtig Geschenken verdeelt hett. De hett fernstüürt Autos un Flegers un sogaar Handys verschunken." Sien beid öller Bröers lachen hüm ut: „ Michael, daar hest du di aver mooi wat upbinden laten. Du weetst doch, dat Anna un Tina sik gern maal wat utdenkt. Nee, oh nee!" „ Nee, dat stimmt würgelk. Se harren doch beid ehr Handy mit. Ik hebb de doch sehn!" Michael wurr düll. Immer wurr he as en lütten Dussel henstellt.

Traute un Kemal kunnen dat nich so recht glöven. Vör´t Wekenenn fohren se sowieso nargends hen. Jeden Dag quääs Michael nu, dat he na de Wiehnachtsmarkt na Wilhelmshaven wull. „Denn bruukst du ja gar kien Wiehnachtsgeschenk mehr, wenn du daar wat kriggst" bruuk Kemal hüm al vernarr.

Freedag Avend seet Kemal to Zeitung studeern un fung tomaal luut an to lachen. He kunn sik gar nich weer beruhigen. Sien Familie wunner sik. „Hier in d´ Zeitung steiht wat över Michael sien Sünnerklaas. Ik lees jo dat vör: „Niklaus ist ein guter Mann" is de Överschrift. Wilhelmshaven. Auf dem Weihnachtsmarkt hat ein Mann im Nikolauskostüm nach einem Einbruch in einem Kaufhauslager, wo er hochwertiges Spielzeug und Handys entwendete, das Diebesgut verteilt. Er hatte Angst vor einem Polizisten, der ihn die ganze Zeit beobachtete und sich an den glänzenden Augen der Kinder freute. Bis dem Polizisten auffiel, da es bei so vielen wertvollen Geschenken nicht mit rechten Dingen zugehen konnte, überprüfte er ihn. Er war sofort geständig. Alle Eltern werden mit ihren Kindern gebeten, zur Dienststelle zu kommen um die „falschen" Nikolausgeschenke wieder abzugeben. Hier handelt es sich um Diebesgut."

„Kannst maal sehn, nu mööt Anna un Tina ok ehr Handys weer afgeven. Dat weer aver en dummen Nikolaus! Dröfft man denn inbreken?" „Nee, Papa Kemal, dat dröfft man nich un nu will ik ok nich mehr na Wilhelmshaven na de Wiehnachtsmarkt. Wi köönt hier woll hengahn. Hier klaut de wenigstens nich!"

Noch negen Maant Tied

Berti keem grienend in dat groot Büro. „Wööt ji egentlich wat van Daag in negen Maant is?" All keken hüm an, se weren ja veel van hüm wehnt. Wenn man hüm ankeek, harr man all glieks en schmüstern in't Gesicht. Berti heet egentlich nich Berti. He heet Hubert, aver mit sien halvlang Haar un de Brill in John-Lennon-Stil pass Berti veel beter to hüm un so groot wussen weer he ok nich.

„Wurrst du Vader in negen Maant? Hebbt ji dat so genau anschreben?" De öller Kolleeg targ hüm glieks wat. „Nee, denn schall aver en Pupp upstohn! Vandaag in negen Maant is Heilig Avend!" „Nu holl aver up! Ik will noch eerst Föhrjohr hebben. Nich maal de Föhrjohrsbleuhers kaamt so recht in Bleut. Kiekt doch maal ruut!" De lütt Redaktionssekretärin van dat Käasblatt reeg sik up.

Van de nächst Schrievdisch keem ok noch en Echo: „Hest letzt Daag maal bi Aldi oder Lidl ween? Daar stoht de bunt Eier noch in't Regaal. Nee, van Wiehnachten will ik noch nix wöten!" „Wat is hier denn los?" Nu keem ok noch de Chefredakteur an. „ Och, ik hebb bloot seggt, dat in negen Maant Wiehnachten weer. Kiek doch no buten. Dat Weer is daar no. Is iesig kolt un daar hangt so dick Wulken an Himmel. Dat sütt no Sneei ut. Bestimmt nich no Föhrjohr. Well van jo weer denn al hen un hett sien Sömmerreis bestellt? Noch steiht jo de Sinn daar ok nich no." De Chefredakteur wüss sien Wunnern kien Enn. So keen he Berti ja gar nich.

„Waar ji jo all Gedanken üm maakt..... Aver – Weer dat nich en Thema för uns Huusfrouensiet? Recht mit Ümfraag un all wat daar so to hört? Bild en Grupp: Berti, du büst daar van anfangen, Andrea, du passt ok in de Runn to schrieven un en egen Meenung hest du ok. Nico un du büst för dat Jungvolk daarbi. Hört jo disse erst Daag maal wat üm up Stroot un waar ji so kaamt. Draagt dat tohoop. Fredag will ik wat sehn. Denn maakt wi daar en Bidragg van torecht."

Nu seten daar Enn März Mitarbeiters van de Zeitung un maken sik Gedanken üm Wiehnachten. En wichtigen Fraag weer: Weet ji, wat in negen Maant is? Oder en annern: Hebbt ji al Wiehnachts-geschenken köfft. Se freuen sik aver aver ok al up de Gesichten van de Lesers. Se maken Reisvörschlääg un wiesen up Sünnenschutz hen. Dat kunn en richtig runden Saak werden. De neei Grupp harr so veel Ideen, dat dat en Serie för dat ganz Johr werden kunn. Bruuk ja nich jeden Week sondern bloot all veer Week un nahst to de Wiiehnachtstied jeden Week un in de

Adventstied jeden Dag wat in ehr Kääsblatt stohn.

De Chefredakteur hullt ganz veel van ehr Ideen un ok dat se dat över dat ganz Johr verdelen wullen. Nu mussen bloot noch de Lesers Spaaß an ehr Wiehnachtsgeschichten in Sömmer hebben. Wat schull daar woll kamen? Weer Berti sien Spröök doch so good ween? Na, denn fröhlich Wiehnachten!!

Wat´n Puhei

„Minsch, Friedel! Wat is denn mit di los? Du büst ja so bäsig. Kummst üm Eck to schwepen up´n letzten Drücker. Weer dien Klock stohn bleven?" Elli bruuk ehr Sangesschwester wat vernarr. Se keen dat gar nich, dat Friedel so laat un denn so hibbelig bi´t singen keem.

„Laat mi bloot tofree! Mi reicht dat för van Daag! Van moorns weren all uns Koih utbroken un rönnen up Hauptstroot lang. Gendarms hebbt sogaar mithulpen to infangen. Daarbi harr ik eben graad no d´ Frisöör wullt. Is nix van wurren. Denn is mien Middagspott anbrennt, Qualm keem mi in d´ Flur tomööt. Kinner freuen sik, do geev dat Spagetti." „Dat reicht ja för veer Week." „Jo un eben harr mi doch bolt en Auto de Vörfohrt nohmen. Wunnert harr mi dat nich mehr." „ Dat is kien Wunner, dat du so in Brass büst. Beruhig di man eerst un denn laat uns man in Ruh Upstellung nehmen un uns mooi Wiehnachtsleder öven. In veer Week is ja al uns eerst Konzert."

Friedel nehm ehr Noten ut Tasch un söögg denn na ehr Brill. Schull se de van Avend ok noch achter laten hebben? In ehr Jackentasch weer de ok nich. Nu hullt se ehr mojen Flickenbüdel up Kopp. Bloot daar fullt buten ehr lütten Bleei bloot noch dat Notizbook, ehr Kalenner un de Waterbuddel ruut. Dat nu ok noch! Se kunn nu so weer na Huus fohren. „Ik hebb noch en in Auto, so för´n Noodfall! Ik hol di de!" Elli wuss glieks weer Raad. Erich leet sik hören: „Ik hebb hier noch en in Binnerjackstasch. Sett de man up." Jo, dat hulp sik. Lucht weer ja lecht genoog.

En üm anner Leed wurr sungen. Ehr Baas harr en mooi Programm tosamen stellt. Dat weer dat eerste Maal, dat se all de Wiehnachtsleder döör sungen. In Paus drunken se all ehr mitbroocht Water oder Tee. Se weren in en Dörpshuus, waar se kien extra Drinken kregen.

Friedel schoov so as immer ehr Brill boven up Kopp. De wull daar aver nich blieven. Mit düllen Kopp greep sik Friedel in de Haar un wat hullt se in Hannen: twee Brillen! Se harr ehr egen Brill de ganze Tied up Kopp hat un nümms harr de sehn manken all ehr Locken. Nu kunn se in Ruh de Rest van de Leder singen.

Veer Week later stund de gemischte Chor in ehr moiste Kleer blied ünner de grode Adventskranz un sung ut vull Hart ehr Leder. Sogaar en mojen Wiehnachtsgeschicht un as Afschluß en Wiehnachtsgedicht wurren in dissen stimmungsvullen Rohmen to'n besten geben.

All gungen blied up de Wiehnachtstied instimmt up Huus an.

Wat bringt de Wiehnachtsmann

Andrea harr al lang bevöör Marita twee Daag na Nikolaus geboren wurr, ehr ganz Babytüüg döör keken. All wat nich so no Jungs utseeg utsorteert. Se wuss ja froh genoog, dat se en lütt Deern kriegen schull. Nu weer ehr Schapp trotzdem noch vull mit Tüüg. Se wull nu nich noch mehr Saken hebben.

Wenn de Omas frogen, wull se ehr elk en Stück ut Kleerschapp doon, wat se inpacken kunnen. Marita kunn in Moment beter wat Geld för dat Spaarkonto bruken oder en Paket Pampers. Bloot de Wiehnachtsmann muss ja wat bringen to utpacken. Malte pass al fix up, dat dat all sien Richtigkeit harr.

Nu kreeg Malte en Schüür mit Veeh bi de en Oma un Opa. Malte weer noch kien Johr old ween, do harr he al mit Opa up Trecker wullt. Un brummen kunn he düchtig: brrr, brrr, Tecker! De anner Oma sörg för de Billerböker un Spelen. Wat üm un an geev dat ok noch.

In Huus stund wat besünners ünner d´ Wiehnachtsboom. En Slee! Papa schull mit hüm in Sneei. Daarto geev dat noch en groten Kasten mit Bauklötze. För Marita geev dat in Huus en mooi rosa Kleed. Andrea plaan al in vörruut. To Kinndööp muss ok wat an. Denn drüff Malte ehr noch bi´t utpacken van en nejen Tittbuddel helpen un en Klöterdöös, de över ehr Kinnerwagen spannt wurr. De stamm ok noch ut Maltes Bestand. Denn kreeg Marita noch en Packje. Se kreeg en lütt Glass mit Wuddels. Dat düür nu nich mehr lang, un se kreeg dat eerste mit Lepel to eten.

Malte kreeg en groten Schlickerteller tosamen mit sien Mama un Papa un ok en Körv vull Nöten. De Erdnöten puul he al so fein sülvst ut. De moje Dannenboom mit sien blinkernd bunt Kugels interesseer Malte gar nich.

He weer blied mit all sien Packels un mit dat Papier kunn he ok noch spelen. Marita verlang bloot ehr Mohltieden. Token Johr schull se woll de Boom testen un versöken, wo fast he up Foot stunn. Malte brumm de anner Dag bloot noch döör de Gegend. Se weren tegen Middag mit Slee na Elfriede un Bernd, Andreas Öllern lopen. Marita schleep ehr best in d´ Kinnerwagen. So harr dat noch en beten frisch Luft geven.

Namiddags weren se denn noch to Wiehnachtstee un Toort bi Stephan sien Öllern nöögt. Daar geev dat denn ok noch weer Geschenken.

Avends weren de Kinner so mööi, dat se up Tied schlopen mussen. Sogaar Marita murk al, dat dat nich sien regelmäßigen Gang gung. Se weer quengelig.

Na en mojen Teestünnen gung dat weer up Huus an un de Kinner kemen na en Avendbrood glieks in ehr Bedd.

Wiehnachtsmann sien Busch

Jelko un sien Papa weren an de Saterdag vöör de 1. Advent in de Boumarkt fahren. „Papa, Papa, kiek maal! De hebbt Wiehnachtsmann sien Bööm all afsaagt. Schullen de de bi uns wegholt hebben?" „Oh, Jelko, mien Jung! Dat wööt ik ok nich! Wi goht van nomiddag hen un kiekt to." Nomiddags gungen all veer in Busch spazeeren. In de Busch wussen de lütt Bööm aver noch. De weren ungefähr genauso groot as de bi de Boumarkt. Jelko wull nu wöten, of disse ok woll afsaagt wurden.

„Wi loopt disse Weg in Runn," schloog Manuela vör. Se wüss, dat se daar bi dat Huus van de Förster vörbi kemen. Viellicht harren se Glück un drepen de Förster bi Huus an. Denn kunnen de Kinner hüm glieks fragen. Se kennen Förster Dahlke ok al. He weer en netten öllern Mann. „Drööft wi bi Förster Dahlke pingeln?" froog Greta, as se dicht bi sien Tohuus weren. „Nee, vandaag up Saterdaag nich. De will ok maal Fieravend hebben." De Förster weer aver buten bi sien Holt an upstopeln. Schienbaar harr he Brennholt spolten.

„Herr Dahlke, Herr Dahlke! Werd de lütt Bööm ok afsaagt?" „Jelko, wat büst du upgeregt!" „Wi hebbt bi de Boumarkt sehn, dat daar de Wiehnachtsbööm verköfft wurrden. Saagt ji de ok noch af?" Förster Dahlke keek hüm an: „Jo, mien Jung. Daar schnied wi ok noch welk ruut. Up de Lichtung stoht de nu to dicht. Wi kiekt genau, wat en Wiehnachtsboom werden kann un weckern Boom nahst en starken Nadelboom wurd. De mööt ja gesund wesen.

Dat is hier ja dicht bi. Wi köönt daar ja maal henlopen. Denn drööft ji jo daar en Wiehnachtsboom utsöken. Ik hol eben en Stück Band, dat ji de kennteken köönt. „Uns Wiehnachtsboom schall de Wiehnachtsmann aver doch bringen!" bestund Jelko nu aver up. „Dat kann ok ja. Denn hebbt ji hüm aver ja al hulpen un ji hebbt hüm all tosamen utsööcht. Ik hebb noch en Idee för Greta un di. Ji köönt en Boom beobachten, wo de wasst un wo de sik verännert. Ik wies jo en, de stohn blifft. Denn köönt ji kieken.

Hier sünd wi nu bi de Lichtung, so heet dat wenn irgendwaar lütt Bööm wasst. De sünd mestens anplant. Manchmaal saiht de sik ok sülvst ut oder werd ganz af un to van Vögels saiht un schlaat denn up. Daarüm sünd de Bööm in Busch ok al verscheden groot. Wi passt denn up, dat bloot de kräftig un gesund Planten groot Bööm werd.

Flink weer de Familie sik enig, wecker Boom Wiehnachtsmann ehr

 in Stuuv stellen schull. Daar flatter nu en roodwitt Band mit Naam an. Förster Dahlke gung mit de Familie na Huus hen üm sik up to warmen. He schull ok wöten, waar de Wiehnachtsboom stohn schull. De Kinner weren al ganz upgeregt.

Wurd weer Wiehnachten!

Andrea arger sik immer, wenn de so mooi in bunt Papier verpackt Wiehnachtspaketen kört reten wurden. Se harr sik för dit Johr nu wat besünners överleggt.

Se spaar al siet de ganz Maant Zeitungs up. Daar geev dat mooi bunt Sieden in. Denn schullen daar bunt Bänner ümto. All Geschenken wull se in lütt Kartons oder Rullen verpacken. Nu freu Andrea sik up´t Inpacken.

En Paar Socken verschwund in en Papprull van de Kökendöker. De Romaan weer mooi veerkantig. De leet sik good in en bunt Bladd ut dat Fernsehzeitung inwickeln. För de Dischdeken för Oma Elfriede harr Andrea noch en Pralinenschachtel. Se fund immer mehr lütt un groot Schachteln. Mit de Tied stapeln sik daar de mit Zeitungspapier un bunt Bänner un Schleifen ümwickelt Packels. Överall stund en Naam up.

Nu muss dat blot noch Heilig Avend werden. Vörher keem noch dat groot Probleem, waar se en Wiehnachtsboom her kregen. Dennis, ehr Bröör, harr ehr en ut sien Tuun anboden. He wull de Dannen en na de anner platt nehmen. Dat Gröönt för de Advents- kranz harr se sik al van hüm holt. Allerdings weren ehr de Bööm to radd wussen. Bi ehr muss en Wiehnachtsboom mooi gliekmäßig wussen ween un temelk Tacken hebben.

Bi jeden Boumarkt un bi jeden grötter Koophuus wurden Bööm anboden. All Görners wurben mit frisch schlaan Wiehnachtsbööm. Sogaar de Förster bout welk an. De Busch weer ja nich wiet weg. Veerteihn Daag vör Wiehnachten weer dat tomaal morgens al witt. Dat weer Saterdag un Stephan in Huus. Do keem Andrea en Idee: „Stephan, wat meenst du. Willt wi mit Slee in Busch? Denn köönt wi glieks na en Boom kieken." Stephan zöger: „Schall Malte de denn al sehn?" „De is Heilig Avend doch so hibbelig. He kann uns al helpen to bunt maken." Andrea harr sik överleggt, ehr lütten Jung so to beschäftigen.

Mit Malte up Slee un Marita warm inpackt in Sportwagen spazeeren de veer up Busch an. Bi denn Förster weer al so richtig wat los. Veel Lüü wullen sik en mojen frischen Wiehnachtsboom ut Busch holen. Ok Giesela un Johann drepen daar to de sülvige Tied in. Johann harr de Anhänger achter dat Auto spannt. Daarför luur Hauke bi sien Oma. De veer keken sik üm. Flink harren se dat richtige funnen. Bi de Kass see Stephan: „Ik legg mien Boom hier an Siet un kaam glieks mit Auto weer un hol de af." „Dat bruukst du nich! Jo Boom kann bi mi up Hänger mitfohren!" meld Johann sik van achtern. Dat Angebood leet he sik nich entgohn.

„Denn geev ik noch eerst en Punsch ut! As Spritgeld so to seggen." nöög Stephan glieks. He harr sehn, dat dat bi de Försterfroo in d´ Schüür Glühwien un Punsch geev. „Wat wullt hebben? Mit oder ohne Ümdrehungen?" De Mannlüü kunnen woll en Iesbreker verdragen. Giesela un Andrea begnögen sik mit alkoholfrejen Punsch. En lütten Beker geev dat för Malte. Up Dischen stunnen Spekulotius un Zimtsteerns un ok Schokolaa för de Boomköpers.
In en Eck wurden noch Kersen anboden un sülfstbastelt holten Steerns un Wiehnachtsmannen. Sogaar Boomstammen mit Laternen lüchten ehr tomööt. Dat weer en lütten Wiehnachtsmarkt bi de Förster in d´ Schüür. Dat kunn noch maal richtig groot werden, so kommodig as dat weer. In Achtergrund speel al de ganze Tied Wiehnachtsmusik.

As de jung Familie in Huus ankeem, luur ehr Wiehnachtsboom al achter ´t Huus up ehr. Johann harr hüm üm Eck to leggt, dat he kien Benen kreeg. He drüff nu noch eerst in Warkstee stohn, daar weer dat mooi frisch. He schull binnen ja noch bit Dreekönigsdag stohn an 6. Januar un nich glieks nadeln.

Na´t Fröhstück hol Stephan de Boom an Heilig Avend rin. Malte weer al ganz zappelig. He drüff doch dat eerste Maal de Boom mit bunt maken. Jeden Kugel wurr enkelt bestaunt un immer weer wurr en mooi Stee söggt, waar de denn woll hangen kunn. Ok de Steerns, de he mit sien Mama bastelt harr, wurden an de Wiehnachtboom verdeelt.

Namiddags gung dat mit Kind un Kegel in de Kark. Marita verschleep de Gottesdienst woll, Malte kunn sik an de groot Wiehnachtsboom aver nich satt kieken. Na ´t Eten wullen se denn kieken, of de Wiehnachtsmann ehr funnen harr. Wo he dat dit Maal up Rieg kregen harr, wuss bloot Andreas Mama.

Helma Gerjets

bringt mit diesem Buch ihr 9. Buch in plattdeutscher Sprache auf den Markt. Davon erzählt sie in zwei Büchern ausschließlich von Weihnachten, wie in dem vorliegenden. Bunt bebildert regt es zum Lesen und Vorlesen an.